Cuentos de niños y del hogar

de los hermanos Grimm

Entiende fácilmente la literatura con

ResumenExpress.com

www.resumenexpress.com

JACOB Y WILHELM GRIMM

LINGÜISTAS Y ESCRITORES ALEMANES

- **Jacob (1785-1863) y Wilhelm (1786-1859) Grimm nacieron en Hanau (Alemania)**
- **Fallecieron en Berlín (Alemania)**
- **Algunas de sus obras:**
  - *Cuentos de niños y del hogar* (1812-1815), cuento
  - *Leyendas alemanas* (1816), leyendas
  - *Diccionario alemán* (1861), diccionario

Jacob (1785-1863) y Wilhelm (1786-1859) Grimm son dos hermanos de origen alemán. Se interesaron por la cultura germánica en todas sus formas: la gramática y la historia de la lengua alemana (*Gramática alemana*, 1819-1837 y *Diccionario alemán*, 1838-1861), los mitos (*Leyendas alemanas*, 1816-1818) y los cuentos populares, los orígenes del derecho, etc.

También contribuyeron a dar a conocer y a fijar el texto de las historias que se narraban de forma oral entre el pueblo llano como *El sastrecillo valiente*, *Los músicos de Bremen*, *Hänsel y Gretel* o *Rapónchigo*. Además, versionaron otros cuentos que ya se habían hecho populares gracias a Charles Perrault (*La Cenicienta*, *La Bella Durmiente* o *Caperucita Roja*).

CUENTOS

SIETE DE LOS CUENTOS MÁS FAMOSOS

- **Género:** cuento
- **Edición de referencia:** Grimm, Jacob y Wilhelm Grimm. 1985. *Cuentos de niños y del hogar*, vol. 1 y 2. Traducido por María Antonia Seijo Castroviejo. Madrid: Ediciones Generales Anaya
- **Primera edición:** 1812
- **Temáticas:** bien, mal, familia, amor, valentía, peligro, solidaridad

Las siete historias estudiadas en esta ficha forman parte de los *Cuentos de la infancia y del hogar*, publicados entre 1812 y 1815. *El rey sapo* o *Enrique el Férreo* cuenta la historia de un príncipe que fue hechizado por una bruja. La amorosa madre de *El lobo y los siete cabritillos* salva la vida a sus pequeños abriéndole la barriga al lobo que los ha devorado. Los niños de *Hänsel y Gretel*, abandonados por sus padres, escapan de las garras de una bruja que vive en una casa de pan. En *El sastrecillo valiente*, un sastre hace fortuna al presumir de haber matado a «siete de un golpe», dejando que la gente crea que se trata de hombres, cuando en realidad se trata de moscas. La hilandera perezosa de *Las tres hilanderas* logra casarse con el rey consiguiendo que sean tres mujeres las que hagan su trabajo. La hermosa y cándida protagonista de *Blancanieves*, a la que los siete enanos albergan en su hogar, sufre los feroces celos de su madrastra antes de encontrar a un príncipe. Finalmente, los ingeniosos animales del último cuento, *Los músicos de Bremen*, salvan su vida gracias a sus respectivos gritos.

RESUMEN

EL REY SAPO O ENRIQUE EL FÉRREO

En unos tiempos «en los que el desear todavía servía para algo» (Grimm y Grimm, 41), una bella princesa pierde una preciosa bola de oro en un pozo. Ya ha perdido la esperanza de recuperarla cuando un horrible sapo le propone traérsela de vuelta si acepta ser su amiga. La niña acepta. Pero una vez tiene de nuevo la bola, olvida el trato y, cuando el sapo se presenta en palacio, la princesa lo echa. El rey, que estaba al corriente de todo, ordena a su hija que cumpla su promesa. Entonces, esta comparte a regañadientes su plato con el sapo. Pero cuando este le pide que también le deje dormir con ella, la niña, horrorizada, lo lanza violentamente contra la pared. En ese momento, el animal se transforma en un apuesto príncipe que, conforme a los deseos de su padre, se casa con ella. Le cuenta a la niña que había sido hechizado por una bruja malvada y que la princesa era la única que podía romper el encantamiento. En lo que se refiere a Enrique, el sirviente del príncipe, ya puede romper las tres cadenas de hierro con las que se había rodeado el corazón, por miedo a que se le rompiera de dolor al ver a su señor transformado en sapo.

EL LOBO Y LOS SIETE CABRITILLOS

Un día, una cabra les recomienda a sus siete cabritillos que no le abran la puerta al lobo en su ausencia. Cuando este se presenta, los cabritillos reconocen su voz ronca. Entonces el lobo regresa tras haberse aclarado la voz con tiza, pero esta vez se delata al poner su negra pata en la ventana. A continuación, después de haberse recubierto la pata con harina, consigue engañar por fin a los cabritillos, que le abren la puerta creyendo que es su madre que está de vuelta. El lobo los devora a todos, a excepción de uno que se ha escondido en el reloj.

Cuando la madre de los cabritillos llega a la casa, el que ha sobrevivido le informa sobre el desastre. Entonces, ella le abre el estómago al lobo, que está descansando no muy lejos de ahí, y saca a sus pequeños indemnes «pues el monstruo en su ansia se los había tragado enteros» (Grimm y Grimm, 66). En su lugar, coloca enormes piedras y cose la barriga del animal. Poco después, este, terriblemente sediento, se inclina para beber en un pozo y se ahoga en él, arrastrado por el peso.

HÄNSEL Y GRETEL

Una pareja de pobres leñadores decide llevar a sus dos hijos, Hänsel y Gretel, al bosque para abandonarlos, ya que no tienen suficiente dinero para alimentarlos. Pero Hänsel, que ha oído todo, decide sembrar el camino de guijarros relucientes que les permitirán encontrar el modo de regresar. Cuando vuelven junto a sus padres, la madre decide llevar a cabo de nuevo el plan de abandonarlos, para la gran desesperación del padre. Pero esta vez cierra la puerta, por lo tanto, en esta ocasión, Hänsel, que ha vuelto a oír todo, no puede salir a coger guijarros. Entonces va desmigajando por el camino el pan que su madre le dado, pero los pájaros se lo comen y los niños yerran por el bosque durante tres días hasta que llegan a una casita «hecha de pan y cubierta de pastel» (Grimm y Grimm, 119) que empiezan a mordisquear.

Entonces una anciana sale de la casa y los acoge amablemente. Pero en realidad se trata de una bruja que atrae a los niños para devorarlos. Esta encierra a Hänsel en un establo y se propone engordarlo para cocinarlo. Por suerte, el día elegido para el sacrificio de su hermano, Gretel consigue encerrar a la bruja en el horno. Entonces los niños se apropian de todas las piedras preciosas que encuentran en la casa y dan con la vivienda de su padre, desconsolado desde que se marcharon. En cuanto a su madre, ha muerto. A partir de ese día, los tres viven juntos y felices.

EL SASTRECILLO VALIENTE

Un día, un osado sastre mata de un golpe de trapo a siete moscas que se habían posado sobre su tostada. Orgulloso de su hazaña, se borda un cinturón con la inscripción «Siete de un golpe» y decide recorrer el mundo para mostrar su valentía. En el camino, un gigante, que cree que el sastre ha matado a siete hombres, lo desafía, pero, a través de diversos ardides, este último consigue demostrar su superioridad. A continuación, llega a un palacio real donde el mismo error hace que el rey lo contrate a su servicio. Pero los cortesanos, atemorizados, abandonan al soberano. «No estamos hechos [...] para soportar a un hombre que mata a siete de un golpe» (Grimm y Grimm, 145), dicen. Entonces el monarca le promete al sastre que le concederá a su hija y su reino si libra al país de dos temibles gigantes. Mientras ambos monstruos se encuentran adormecidos, el sastre les lanza piedras desde lo alto de un árbol; estos, al despertarse, se acusan el uno al otro y acaban por matarse entre sí. Cuando vuelve al palacio, el rey le lanza un nuevo desafío: domar a un temible unicornio. Así, el sastre provoca al unicornio ubicándose delante de un árbol. Este último arremete contra él, pero el hombre pega un salto hacia un lado en el último momento, y el animal acaba con el cuerno clavado en el árbol, de modo que queda aprisionado. Ante este nuevo éxito, el rey le hace un tercer encargo: debe atrapar a un jabalí que devasta el bosque. Una vez más, el joven sale victorioso, y por fin se le otorga la mano de la princesa. Sin embargo, una noche, esta última oye al sastre hablar en sueños de su profesión y se queja a su padre de que la haya casado con un patán. Entonces, el rey quiere capturarlo mientras duerme, pero el escudero del joven ha oído todo y advierte a su señor. Este último aterroriza a los sirvientes del viejo rey gritando: «he alcanzado a siete de un golpe» (Grimm y Grimm, 151), lo que hace que huyan. El sastrecillo, convertido en rey, es liberado definitivamente.

LAS TRES HILANDERAS

Una reina que «no [se siente] más contenta que cuando zumban las ruedas» (Grimm y Grimm, 111), contrata a una joven hilandera a quien promete la mano de su hijo si consigue hilar rápidamente una gran cantidad de lino. La joven, perezosa, obtiene la ayuda de tres mujeres poco agraciadas que aceptan hacer el trabajo si ella las hace pasar por sus primas y las invita a su casamiento. El día de la boda, el príncipe, alegre por tener una esposa tan trabajadora, se sorprende de la fealdad de sus supuestas primas. Ellas le explican que sus diversas deformidades —pies y pulgares enormes y labios colganderos— se deben a su trabajo de hilanderas. Entonces el príncipe le prohíbe a su mujer que vuelva a tocar la rueca, y «con esto se v[e] ella libre de la horrorosa tarea de hilar» (Grimm y Grimm, 113).

BLANCANIEVES

La orgullosa madrastra de Blancanieves, así llamada en razón de la blancura de su tez, le pide a un cazador que lleve a la niña al bosque, la mate y le lleve su hígado. Resulta que su espejo mágico le ha revelado que algún día la superará en belleza. Pero el cazador, que siente pena por la desesperada niña, no se decide a matarla y le lleva a la reina el hígado de un jabato. Blancanieves, por su parte, encuentra refugio en una minúscula casa habitada por siete enanos que la adoptan, conmovidos por su historia. Pero el espejo revela a la reina que Blancanieves sigue viva en la montaña, así que se disfraza de anciana vendedora de baratijas y se dirige al hogar de los siete enanos, que se han ido a trabajar. Entonces, con el pretexto de probarle un cordón a la niña, lo aprieta tanto que Blancanieves se desvanece, como muerta. Sin embargo, los siete enanos consiguen reanimarla cuando vuelven a casa. La reina, molesta al enterarse por su espejo de que la niña sigue viva, intenta, usando la misma estratagema, matarla con un peine envenenado. Fracasa de nuevo, pero finalmente logra su objetivo con una manzana envenenada. Esta vez, los esfuerzos de los enanos son en vano: Blancanieves está más que muerta. Desconsolados, colocan a la joven en un féretro de cristal en el que permanece intacta. Un día, el hijo del rey, que pasa por ahí, queda deslumbrado por la belleza de Blancanieves y les pide permiso a los enanos para llevarse el féretro. Durante el trayecto, una sacudida hace que el trozo de manzana se desencaje de la garganta de la niña, y esta vuelve en sí. El príncipe se casa con ella. Invitada al festejo, la madrastra, que ha sido informada de que la joven reina es más hermosa que ella, reconoce a Blancanieves. Entonces, le dan unas sandalias de hierro que abrasan los pies y la obligan a bailar con ellas puestas hasta que cae muerta.

LOS MÚSICOS DE BREMEN

Un asno, un perro, un gato y un gallo, todos amenazados de muerte por sus amos, deciden partir hacia Bremen para convertirse en músicos en esa ciudad. Como se están muriendo de hambre, comienzan a proferir gritos, que hacen huir a unos bandidos que se habían sentado a comer en una casa. Encaramados los unos sobre los otros «el asno rebuzna [...], el perro ladra [...], el gallo ma[úlla] y el gato canta [...] [sic]» (Grimm y Grimm, 180). Después, los animales apagan la luz y descansan. Los ladrones, que piensan que se han ido, regresan. Pero el primero que entra, horrorizado, cuanta a sus camaradas que una horrible bruja, un hombre con un cuchillo, un monstruo negro y un juez que chilla le han hecho sufrir las peores sevicias. En realidad, tan solo se trataba de los cuatro animales, que conjugaron sus talentos para hacer que saliera de la casa, en la que se instalan definitivamente.

ESTUDIO DE LOS PERSONAJES

LA PRINCESA ORGULLOSA

La princesa es la última de todas las hijas que tiene el rey. Se dice que «era tan hermosa que el mismo sol [...] se maravillaba cada vez que le daba en la cara» (Grimm y Grimm, 41). Está dispuesta a ofrecer su corona, sus perlas y sus diamantes para encontrar su bola de oro, con la que juega cuando se aburre y la cual ha perdido. Promete rápidamente su amistad al sapo que le propone su ayuda. Pero, superficial y orgullosa (igual que muchos personajes femeninos en los cuentos), en seguida se siente molesta y asqueada por el animal y solo lo acepta porque su padre la presiona y le ordena que respete sus compromisos.

LA CABRA

Se presenta a la cabra como vieja y se dice que quiere a sus siete cabritillos «como sólo una madre puede querer a sus hijos» (Grimm y Grimm, 65). Esta es la razón por la que quiere protegerlos del lobo y, tras llorar mucho por su desaparición, no duda en mostrar un gran coraje al abrirle la barriga a este último, después de que los haya devorado, para recuperarlos. La cabra se sitúa en la categoría de personajes buenos y, así, se opone al lobo, designado como el malo.

HÄNSEL Y GRETEL

Hänsel y Gretel son dos hermanos, un niño y una niña, que

están muy unidos y su desgracia los acerca aún más. El chico demuestra ser astuto, protector y tranquilizador para su hermana; pero ella es quien, finalmente, los salvará de la bruja. Por otra parte, no parecen muy rencorosos con sus padres, ya que vuelven al hogar familiar dos veces después de haber sido abandonados. Hänsel y Gretel representan el tipo de niños-víctima, a semejanza de Pulgarcito y sus hermanos en el cuento de Perrault (escritor francés, 1628-1703). Cabe destacar que los personajes de los cuentos corresponden por lo general a tipos bien definidos.

EL SASTRE

El sastre es un valiente obrero que trabaja con ahínco. Maravillado por su hazaña de haber matado siete moscas de un golpe, se cree un «fenómeno» (Grimm y Grimm, 141) y decide recorrer el mundo para fanfarronear de su prodigioso logro. Pero la inscripción de su cinturón hace pensar que se trata de hombres... Embriagado por la admiración y el miedo que suscitan sus proezas, se vuelve orgulloso y presumido. Entonces utilizará la astucia para hacer que la equivocación perdure y que se crean su fuerza, lo que le llevará a ser rey. Representa el tipo del falso héroe que usurpa las cualidades de este último.

LA HILANDERA

La hilandera es una joven perezosa (otro rasgo de carácter específico de los personajes femeninos en un gran número de cuentos) que consigue casarse con un príncipe haciendo que otras tres hilanderas, que en teoría se han vuelto feas por este ingrato oficio, se encarguen del trabajo que le ha encomendado la reina a cambio de la mano del joven.

BLANCANIEVES

Físicamente, Blancanieves es «tan blanca como la nieve, tan roja como la sangre y de cabellos tan negros como la caoba» (Grimm y Grimm, 13). Como sucede con un gran número de personajes de cuento, se pone el acento en un detalle físico y no conocemos su nombre real. Sufre la crueldad de su madrastra, que, celosa de su enorme belleza, abusa de su credulidad y termina matándola. Hermosa y dulce, representa el tipo de la princesa que acaba por embelesar al hijo de un rey y que —a semejanza de los personajes de hadas, por ejemplo— hace soñar a los lectores y consigue que se compadezcan de ella.

LOS ANIMALES MÚSICOS

El asno, el perro, el gato y el gallo (animales que suelen aparecer en los cuentos) —condenados a muerte por sus respectivos amos a causa de su vejez— parten hacia Bremen para hacerse músicos. Pero sus diferentes gritos solo servirán para espantar a unos bandidos y así apoderarse de su casa y refugiarse en ella.

CLAVES DE LECTURA

ESQUEMA NARRATIVO

Todos estos cuentos presentan el esquema narrativo clásico de los cuentos de hadas. Tomemos el ejemplo de *Blancanieves*.

Situación inicial: es el comienzo de la historia, el momento en el que colocamos el decorado y a los personajes, la situación está equilibrada, es decir, que no hay ningún motivo para que evolucione.

- La orgullosa madrastra de Blancanieves no soporta no ser la más bella.

Elemento perturbador: es un acontecimiento que trastoca la situación inicial y que desencadenará la historia propiamente dicha.

- Su espejo mágico le informa de que Blancanieves es más hermosa que ella. Entonces decide eliminar a la niña.

Peripecias: son los acontecimientos provocados por el elemento perturbador y que acarrean la o las acciones que el héroe lleva a cabo para resolver el problema.

- El cazador al que la reina ha encargado que mate a Blancanieves se compadece de ella y la abandona en el bosque. Esta encuentra refugio en casa de los siete enanos. La malvada reina, al enterarse de que la niña sigue viva, se disfraza y consigue envenenarla con una manzana después varios intentos infructuosos.

Desenlace: pone fin a las peripecias y conduce a la situación final.

- Un príncipe que pasa por el lugar lleva a la niña en su féretro de cristal hacia su palacio, y esta revive al escupir la manzana envenenada.

Situación final: es el final del relato; la situación vuelve a ser estable, como la situación inicial, pero ha sufrido transformaciones.

- El príncipe se casa con Blancanieves y la reina muere durante la fiesta.

CUENTOS DE HADAS

Estas siete historias presentan las características del cuento de hadas, fruto de la tradición oral, que escritores como Charles Perrault o los hermanos Grimm consiguieron imponer como género literario. El cuento de hadas presenta diferentes características que encontramos en todos los textos de la antología de los hermanos Grimm:

- las historias son cortas: cada una ocupa una quincena de páginas a lo sumo;
- no hay un gran número de personajes y se pone el acento sobre algunos protagonistas: por ejemplo, los cuatro animales en *Los músicos de Bremen* o Hänsel, Gretel y la bruja en *Hänsel y Gretel*;
- su retrato físico y psicológico es sucinto: no se desarrolla

más allá de lo que resulta útil a la historia. Así, se detalla la belleza de Blancanieves solamente porque provoca los celos de su madrastra;

- suelen reducirse a tipos con características y funciones inmutables en esta clase de relato: el príncipe, el rey, la hermosa princesa, etc.;
- se reparten de forma maniquea: distinguimos, por un lado, a los buenos y, por otro, a los malos. Por ejemplo, la cariñosa cabra se opone al malvado lobo en *El lobo y los siete cabritillos*, y la dulce Blancanieves se opone irremediablemente a la mezquina reina;
- las fechas y lugares suelen ser imprecisos, el origen de las historias se pierde en la noche de los tiempos: «Érase una vez...». En cuanto a los lugares, aunque se los identifica (bosque, castillo, pueblo, etc.), no se precisa su ubicación geográfica, lo que confiere a los cuentos una dimensión universal;
- encontramos seres fantásticos: una bruja en *Hänsel y Gretel* y en *El rey sapo*, o animales que hablan en *Los músicos de Bremen*, entre otros;
- lo maravilloso y lo sobrenatural se introducen a menudo en el relato: encontramos seres fantásticos, como acabamos de ver, pero también objetos mágicos, como el espejo de la malvada reina en *Blancanieves*, y procedimientos tales como la metamorfosis, especialmente en *El rey sapo*;
- también se presenta una dimensión simbólica: algunos lugares, como el bosque, adquieren en el cuento una función más allá de servir únicamente como marco de la historia. En el sombrío bosque se encuentran todos los peligros: ahí es donde la princesa pierde su preciosa bola

de oro en *El rey sapo* y donde Hänsel y Gretel se pierden. Innumerables relatos, en todas las culturas (*Caperucita Roja, Pulgarcito, Harry Potter*, etc.) hacen de él un lugar terrorífico, lo cual sin duda se ha asentado en el inconsciente colectivo;

- por último, el cuento tiene una función educativa: los relatos suelen traer consigo una lección de sabiduría, una moraleja, lo que destina el cuento prioritariamente a un público joven, que puede encontrar en él respuestas a sus angustias o preocupaciones. No hay que abrirle la puerta a cualquiera, se dicen *El lobo y los siete cabritillos* o en *Blancanieves*. Además, se valoran algunas cualidades —como la bondad en *El rey sapo*, el amor por la familia en *Hänsel y Gretel* o *El lobo y lo siete cabritillos*—, mientras que la maldad y los celos se castigan, como es el caso en *Blancanieves*, por ejemplo.

¡Su opinión nos interesa!
¡Deje un comentario en la página web de su librería en línea,
y comparta sus favoritos en las redes sociales!

PARA IR MÁS ALLÁ

EDICIÓN DE REFERENCIA

- Grimm, Jacob y Wilhelm Grimm. 1985. *Cuentos de niños y del hogar*, vol. 1 y 2. Traducido por María Antonia Seijo Castroviejo. Madrid: Ediciones Generales Anaya.

EN RESUMENEXPRESS.COM

- Guía de lectura de *Blancanieves* de los hermanos Grimm.